I0550843

Res

V.2

1803-1828

LE BALLET

DES

VINGT-QUATRE HEURES

AMBIGU COMIQUE,

Repreſenté devant Sa Majeſté à Chantilly,
le 5. Novembre 1722.

BIBLIOTHEQUE ROYALE

A PARIS,

Chez SIMART, Libraire & Imprimeur de S. A. S.
Monſeigneur le Duc.

M. DCC XXII.

ACTEURS

DU PROLOGUE.

MARS,	Le sieur Tevenart.
LA PAIX,	Mademoiselle Antier.
MINERVE,	Mademoiselle Misnier.
UN CORIPHE'E,	Le sieur Dun.
UN PLAISIR,	Le sieur Tribout.

TROUPE DE JEUX ET DE PLAISIRS.

Les Sieurs,	*Mesdemoiselles,*
Mansienne.	Antier , cadette.
Duchesne.	Julie.
Renier.	Du Coudray.
Grenet.	Catin.
Deshaies.	Souris , cadette.
Le Myr , l'aîné.	Milon.
Le Myr , c.	
Corbi.	

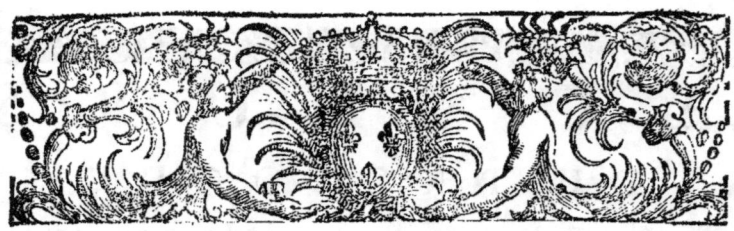

PROLOGUE.

Le Theatre represente le lieu le plus agreable de Chantilly.

UN CORIPHE'E.

D Riades & Silvains sortez de vos Forêts,
Nymphes des Eaux, quittez le sein de l'Onde;
Venez ; à ces augustes traits
Connoissez le Maître du Monde.

Il a d'un jeune Dieu le port & les attraits.
Que de majesté ! que de graces !
Son regard enchaîne les cœurs.
Doux Plaisirs volez sur ses traces ;
De son nouvel Empire annoncez les douceurs.

TROUPE DE PLAISIRS.
UN PLAISIR.

On en goûte déja les heureuses prémices ;
La Paix, la douce Paix , y fait regner les Jeux :
De son Peuple il est les délices ;
Quel Regne sera plus heureux ?

LE CORIPHE'E.

Fortunez Habitans de ces belles Retraites,
 Celebrez ce jour glorieux ;
 Il honore à jamais ces lieux.
Par vos chants & fur vos Mufettes,
Rendez-lui de vos cœurs l'hommage précieux :
Cet hommage eft aux Rois ce qu'eft l'encens aux Dieux.

MARS.

Hé quoi ! fans m'appeller on fait ici des Fêtes ?
 Mars a-t'il pû le foupçonner ?
Dans les Jeux de LOUIS ainfi qu'en fes Conquêtes,
 Je dois feul ordonner.

 Taifez-vous timides Mufettes,
 Vous amoliffez mes Concerts ;
 Eclatez bruyantes Trompettes,
 De vos fons rempliffez les airs.

Venez, brillez de tous vos charmes,
Honneurs, Gloire promife aux celebres Exploits ;
Non, non, ce n'eft qu'au bruit des Armes
 A frapper l'oreille des Rois.

Mais ! que prétend la Paix ? faut-il qu'elle raviffe….

LA PAIX.

Fille du Ciel, Mere de la Juftice,
Je le fuis auffi des Plaifirs ;

De leurs doux chants que l'écho retentisse ;
Quelque gloire que Mars aux Heros garantisse,
 Je dois être toujours l'objet de leurs desirs.

 Fille du Ciel , Mere de la Justice,
 Je le suis aussi des Plaisirs.

 Que toujours ces heureux climats
 Des Jeux , des Ris soient les aziles ;
 Que toujours à ma voix dociles,
 Ils y répandent leurs appas.

MINERVE.

Fuyez, Mars, fuyez, loin de la tranquile France ;
 De ce Héros naissant respectez les Etats.
Les Vertus , les Talents , ont guidé son enfance ;
 Si des Voisins jaloux irritent sa puissance,
 Un Laurier à la main la Gloire le devance ,
 Vous serez trop heureux de marcher sur ses pas.

CHOEUR *de Jeux , de Ris , & de Plaisirs.*

Fortunez Habitans , &c.

LE CORIPHÉE.

Pour les Plaisirs d'un Roi dont les Vertus aimables,
 Nous assûrent des jours heureux ;
Pendant le tems qu'il daigne accorder à nos Jeux,
HEURES, partagez-vous en moments agreables.

  Fin du Prologue.

Ce Ballet eſt diviſé en Quatre Parties.

Premiere Partie, LA NUIT.

Deuxiéme Partie, LA MATINE'E.

Troiſiéme Partie, L'APRESDINE'E.

Quatriéme Partie, LA SOIRE'E.

L'idée du Ballet, les paroles qui ſe chantent, & les diverſes petites Comedies & Scenes détachées qui ſe repreſentent par les Comediens François & Italiens, ſont du ſieur LE GRAND, Comedien du Roi.

La Muſique eſt de la Compoſition du ſieur AUBERT, Ordinaire de la Muſique de S. A. S. MONSEIGNEUR LE DUC.

Les Entrées ſont du ſieur BLONDY.

LE BALLET
DES
VINGT-QUATRE HEURES;
AMBIGU COMIQUE.
Le Theatre represente la Ville de Paris.

PREMIERE PARTIE.
LA NUIT.

La Nuit paroît sur son Char, Minuit sonne ; on entend un Carillon de toutes les Cloches de Paris.

L'HEURE DE MINUIT,   le sieur Mansienne.

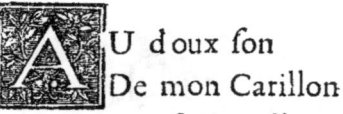U doux son
De mon Carillon,
Lorsque tout sommeille,
L'Amour se réveille,
Au doux son
De mon Carillon,

Je n'endors que l'Amant barbon,
Le jeune a la puce à l'oreille
Au doux son
De mon Carillon.

PREMIERE ENTRE'E.

SIX HEURES *de la Nuit tenant une Cloche d'une main & un Marteau de l'autre, sonnent à plusieurs reprises.*

Mesdemoiselles Corail, la Feriere, Duval, le Maire, de Lastre, de Rey.

SECONDE ENTRE'E.

DES CHAUVESOURIS, le petit Javillier, Mademoiselle Petit.

Arlequin vient pour donner une Serenade à Sa Maîtresse.

Récit D'ARLEQUIN.

DEésse des Chauvesouris
Déployez vos voiles sombres ;
Par le secours de vos ombres
La nuit tous chats sont gris.

SCENES DE COMEDIE.

Arlequin dit qu'il n'a point d'argent pour donner une Serenade à sa Maîtresse ; Trivelin luy conseille d'en emprunter au premier venu ; il arrive un Marchand yvre qui prend

Arlequin

Arlequin & Trivelin pour ses garçons de Boutique ; le Marchand croyant être dans sa maison, ordonne qu'on le deshabille ; Arlequin & Trivelin luy ôtent ses habits & le couchent au milieu de la rüe, luy faisant acroire qu'il est dans son lit ; la Femme du Marchand descend à la voix de son Mary, & voyant qu'on l'a volé crie au voleur avec ses garçons ; la Nuit representeé par Pantalon, dégringole de son Char au bruit qu'elle entend ; Arlequin après plusieurs lasis les chasse tous à coups de bâton, & commence la Serenade.

LE MARCHAND *yvre,*   le Sieur de la Thorilliere.

SA FEMME,   Mademoiselle Dufresne.

LES GARÇONS DE BOUTIQUE, les Sieurs Fontenai, & de la Thorilliere, fils.

TROISIE'ME ENTRE'E.

ARLEQUIN & POLICHINELLE.
Les Sieurs Dumoulin 2. & Dumoulin 3.

TRIO *d'un* ARLEQUIN, *d'un* POLICHINELLE, *& d'un* SCARAMOUCHE, les Sieurs Mansienne, Tribou, & Dun.

Triomphez charmante brune
    Vos yeux frians
    Sont plus brillans
Que la nuit sans clair de lune.

B

SCARAMOUCHE.

A la Déeſſe des hiboux
On ne voudra plus rendre hommage,
Et les plus amoureux matoux
Dans leur tendre langage
Ne diront qu'à vous.
Miaous.

TOUS TROIS ENSEMBLE.

Miaous, miaous, miaous.

QUATRIEME ENTRE'E.

*Des Oublieux qui ſe retiroient rencontrent des Crieurs d'Eau
de vie : après s'être fait des preſens reciproques de leurs Már-
chandiſes, ils ſe réjoüiſſent de leur rencontre ; pendant qu'ils
danſent un Suiſſe mange leurs oublies & boit leur Eau de vie ;
ils s'en aperçoivent, & courrent reprendre leurs corbillons
& leurs paniers, & ſont chaſſés par le Suiſſe.*

OUBLIEUX, les Sieurs Javilliers & Melion.

VENDEURS D'EAU DE VIE, les Sieurs Duval & Maltere

CINQUIEME ENTRE'E.

DU SUISSE YVRE AVANT LE JOUR,
qui finit la premiere Partie.

LE SUISSE,   Le Sieur Anthony.

SECONDE PARTIE.
LA MATINÉE.

L'AURORE *paroît sur son char*, Mademoiselle Dupré.

LA Nuit a fait place à l'Aurore,
Le Soleil qui me suit vient embellir ces lieux,
A son divin aspect mille Fleurs vont éclore.
Que tout l'Univers adore
Le plus brillant des Dieux.

PREMIERE ENTREE.

D'ARTISANS *& Gens de toutes sortes de métiers, qui s'assemblent pour travailler, dès le point du jour.*
CHOEUR D'ARTISANS *qui chantent en travaillant.*

BRaves Guerriers,
Travaillez pour la gloire,
Nous n'envions point vos Lauriers,
Dans nos métiers
Nous ne travaillons que pour boire.

ARTISANS.

Les Sieurs Mansienne, Duchesne, Renier, Tribout, Grenet, Deshayes, Dun, Lemir, L. Lemir, C. Corbi.

FEMMES D'ARTISANS.

Mesdemoiselles Minier, Antier, C. Julie, Ducoudrai, Catin, Souris, C. Milon.

SECONDE ENTRE'E,

DE MARECHAUX, le Sieur Dumoulin 4. *seul.*
Les Sieurs Blondi & Marcel.

TROISIE'ME ENTRE'E.

DEUX SAVETIERS, les Sieurs Duval, & Maltere.
DEUX SAVETIERES, Mesdemoiselles la Feriere, & de Lastre.
ENFANS DE SAVETIERS, le petit Javilliers. & Mademoiselle Petit.

QUATRIE'ME ENTRE'E.

UN MARINIER, UNE MARINIERE, Le Sieur Laval, Mademoiselle Corail.

CINQUIEME ENTRE'E.
UN BOULANGER, UNE BOULANGERE,
le Sieur Mion, Mademoiselle Rey.

Un Savetier chante en travaillant dans sa Boutique &
fait fifler sa Linotte.

LE SAVETIER,   le Sieur Mansienne.

S Itot que le Cocq chante
    Je chante aussi.
Du tems passé je n'ay point de souci,
    De l'avenir point d'épouvante:
    Le seul present me contente,
      J'en joüis.
    Quand le chagrin me tourmente,
      Je le fuis:
    Quand le plaisir se presente,
      Je le suis.

SIXIE'ME ENTRE'E.

Tous les ARTISANS *ensemble.*

LE POINT DU JOUR, Mademoiselle Antier.

Astre naiſſant, brillez, commencez votre cours,
Embrâſez tous les cœurs de vos feux adorables ;
Brillez, puiſſiez-vous toûjours
Répandre en ces climats vos rayons favorables ;
Brillez, puiſſiez-vous toujours
Nous donner de beaux jours.

LE LEVER DU SOLEIL.

Entrée DES HEURES *du jour.*

L'HEURE DE L'AUDIENCE.
SCENES COMIQUES.

Les Juges s'aſſemblent pour condamner Arlequin, que le Guet a arrêté pendant la nuit. Un Berger Sorcier, ami d'Arlequin, pour le ſauver a enchanté la Salle de l'Audience, de maniere que tous ceux qui s'y trouvent ne peuvent s'empêcher de chanter : Arlequin ſur la Scellette ne peut s'en empêcher lui-

même. *Les Juges le condamnent en Musique à être* *ndu. Comme on est prêt de l'envoyer au supplice, le Berger entre dans la Salle de l'Audience, joüant d'une Musette enchantée, dont les charmes contraignent tous les Juges à danser, ce qui donne à Arlequin les moyens de se sauver.*

LE BERGER,   le Sr. Moligny.

LE JUGE,   le Sr. La Thoriliere.

LES CONSEILLERS , Les Sieurs Le Grand, Dangeville, La Thorilliere fils, le Docteur, Pantalon, Scapin, Mario Paquetti.

UN HUISSIER,   Le Sr. Fontenai.

UN AMI DU BERGER,   Trivelin.

TROISIEME PARTIE·

L'APRE'S DISNE'E.

L'HEURE DE MIDY,   Mademoiselle Julie.

 Mans contens
Soyez conſtans,
Ne changez jamais de demeure,
Etes-vous bien, tenez-vous y,
Et n'allez point chercher midy
A quatorze heures.

PREMIERE

PREMIERE ENTRE'E

CUISINIERS & de PATISSIERS. Les sieurs avillier, Deshayes, Gueret, Duval, Maltere, Lamothe.

LA BONNE CHERE, le sieur Thevenart.

QUand midy sonne,
Les Gascons ne sont pas au lit :
Son carillon leur donne
De l'apetit.

A l'odeur de la Cuisine
Ils vont piquer les bons repas,
Et leur devise n'est pas
Qui dort dîne.

L'HEURE DU JEU, Mademoiselle Misnier.

Au tour d'une table ronde
Je rassemble sans choix
Le Prince & le Bourgeois.
On ne peut pas tout à la fois
Contenter tout le monde.

C

L'HEURE DE LA COMEDIE.

Les Comediens François repreſentent une petite Comedie qui a pour titre LES PANIERS; c'eſt une Critique des Modes nouvelles. L'action commence à cinq heures.

ACTEURS DE LA COMEDIE.

MADAME DE PRE'FANE', Mademoiſelle Dubreüil.

ISABELLE *ſa Niéce*,   Mademoiſelle Dangeville.

VALERE *amant d'Iſabelle*,   le ſieur Dufreſne.

SOTINOT *amoureux d'Iſabelle*,   le ſieur Dangeville.

DORINETTE, *filleule de Madame de Préfané*, Mademoiſelle le Grand.

MERLIN *Valet de Valere*,   le ſieur de Moligny.

GUILLAUME *Portier de Madame de Préfané*, le ſieur le Grand.

PIQUEROSSE *cocher de Madame de Prefané*, le ſieur de Fontenay.

Madame VERTUGADIN ⎱ *Marchandes* ⎰ ⎰ Mademoiſelle Dufreſne.
        ⎰ *de Paniers*, ⎱ ⎰ Mademoiſelle
Madame FRICFRAC ⎱   ⎱ la Mothe.

Deux petits Laquais.

VAUDEVILLES
de la Comedie Françoise.

Mademoiselle le Grand.

JE ne ferai point d'autre Amant,
Que Tirçis n'ait d'autre Maîtreſſe ;
M aisje ſuivrai ſon changement ,
S'il trahit jamais ma tendreſſe.
Qu'il en aime deux à la fois ,
Je ne ferai pas incommode ,
Pour un Amant j'en prendrai trois ,
Il faut ſuivre la mode.

Le Sieur Dufreſne.

Iris coëffée en chien barbet ,
Ceſſera bien-tôt de me plaire ;
Quand elle met ſon bagnolet,
Elle reſſemble à ſa grand mere.
Lorſqu'en Amant ſenſé je veux
Blamer cette étrange méthode,
Elle répond faiſant des nœuds,
Il faut ſuivre la mode.

Mademoiselle la Mothe.

Depuis un tems le Magiſtrat
Met d'une galante maniere
En pretintaille ſon rabat,
Son caſtor à la cavaliere :
Nos Juges juſques aux barbons
Ne veulent point ſentir le Code,
Et nous diſent pour leurs raiſons,
     Il faut ſuivre la mode.

Le Sieur Dufreſne.

La Preſidente au tein uſé
A fait recrepir ſon viſage ;
A l'ombre d'un tignon friſé
Elle croit nous cacher ſon âge :
Cette folle avec ſon panier
A l'air du Coloſſe de Rhode,
Et dit pour ſe juſtifier,
     Il faut ſuivre la mode.

Mademoiselle Dufreſne.

Autrefois de ſes blonds cheveux
Celimene faiſoit parure ;
Mais à preſent elle eſt bien mieux,
Ayant mis bas ſa chevelure.

De cent mille brimborions
Sa tête aujourd'hui s'accommode ;
Peut on se passer de ponpons ?
Il faut suivre la mode.

Le Sieur le Grand.

De Manan me voila portier :
Si de même toujours j'avance
Je serai bien-tôt Financier:
Morgué que je ferai bombance ,
Au fond d'un biau carosse assis
Je serai comme un pagode ;
J'oublirai mes meilleurs amis.
Il faut suivre la mode.

SECONDE ENTRE'E.

THALIE, Mademoiselle Prevost.

TROISIEME ENTRE'E.

Des *PETITS MAISTRES & des CLERCS DE PROCUREURS fiflent Thalie , & la contraignent d'abandonner la Scene.*

QUATRIEME ENTRE'E

Les SIFLEURS *se réjoüissent d'avoir troublé le Spectacle.*

PETITS MAISTRES, les Sieurs Marcel, Laval, & Dupré.

CLERCS DE PROCUREURS, Dumoulin l'ainé ; Mion & Dumesnil.

CINQUIEME ENTRE'E

Les SIFLEURS *font chaffés par les* SAILLIES HEU-REUSES *&* les FOLIES AGREABLES *qui ramenent* Thalie *fur la Scene.*

FOLIES AGREABLES, Mefdemoifelles Duval ; de Rey , la Feriere , de Laftre , Tibert & Roland.

QUATRIE'ME PARTIE.
LA SOIRE'E.

LA MUSE ITALIENNE, le fieur Thevenart.

E vous amene ici la Troupe Italienne,
  Elle veut à fon tour
  Paroître fur la Scene
  Dans ce charmant féjou.
Mufe françoife fans ombrage
  Souffrez-moi dans ce jour
  Parler votre langage ;
Et que chacun de nous partage
La gloire d'amufer une fi belle Cour

  On aime en tout le changement,
  Aux chagrins le mélange
  Aporte du foulagement :
  Et le plaifir devient tourment
  A qui jamais n'en change.

Les Comediens Italiens repréſentent une petite Comedi Françoiſe, qui a pour titre LES BROUILLERIES, *ou* LE RENDEZ-VOUS NOCTURNE, *dont l'Action commence à l'entrée de la nuit.*

ACTEURS DE LA COMEDIE.

PANTALON *Oncle de Lelio.*

LELIO *Neveu de Pantalon* , *Amant de Silvia.*

COURTAUDIN *pere de Silvia* , le St. Paquetti.

SILVIA *fille de Courtaudin.*

SPINETTE *ſuivante de Silvia* , Mademoiſelle la Lande.

ARLEQUIN *valet de Lelio.*

SCAPIN *autre valet de Lelio.*

TRIVELIN *valet de Pantalon.*

VAUDEVILLES
de la Comedie Italienne.

Le fieur Dun.

Trop amoureux d'une Maîtreffe,
Qu'elle foit fidelle ou traîtreffe,
    Je ne vois rien :
Ce qu'elle fait, ce qu'elle penfe,
Quand je fuis dans l'indifférence,
    Je le vois bien.

Mademoifelle Delâtre.

Q'un vieux Soûpirant à Lunettes
S'amufe à me conter Fleurettes,
    Je n'entends rien :
Mais qu'un jeune Galand foûpire,
Qu'il me regarde fans rien dire,
    Je l'entends bien,

Un Vieillard,   le fieur Manfienne.

Des plaifirs que dans ma jeuneffe
L'Amour me prodiguoit fans ceffe,
    Je ne fens rien :
Ce qu'il m'a laiffé de funefte,
Rhumatifme, goûte, & le refte,
    Je le fens bien.

D

Le sieur Dun.

A porter une rude chaîne,
A languir près d'une Inhumaine,
　　Je n'entends rien :
Trop de résistance m'étonne,
Mais quand l'Heure du Berger sonne,
　　Je l'entends bien.

Arlequin.

Qu'à coups redoublés l'on m'éveille,
Pour mes creanciers je sommeille,
　　Je n'entens rien :
Quand c'est de l'argent qu'on m'aporte,
Pour peu que l'on grate à ma porte,
　　Je l'entens bien.

L'HEURE DU BAL.

ENTRE'E DE TOUS LES MASQUES.

UN ESPAGNOL,   le Sieur Blondi *seul.*

HOMME DE COUR,   le Sieur Dumoulin 4.

DAME DE COUR,   Mademoiselle Prevost.

Un ESPAGNOL *& une* } le Sieur Marcel, &
ESPAGNOLETTE, } Mademoiselle Menés.

Un POLICHINELLE,   le Sieur Dumoulin.

Une DAME GIGOGNE,   le Sieur Dupré.

Un PETIT POLICHINELLE, } le petit Javillier, &
& une PETITE GIGOGNE, } Mademoiselle Petit.

Un MATELOT *&* } le Sieur Laval & Mlle. Corail.
une MATELOTE, }

Un SCARAMOUCHE *& une* } le Sieur Deshaies, &
SCARAMOUCHETTE, } Mademoiselle Delastre.

Un PIERROT *&* } le Sieur Pierret, & Mlle. de Rey.
Une PERRETTE, }

ENTRE'E GENERALE,

Qui finit à minuit la quatriéme & derniere Partie du Ballet des vingt-quatre Heures.

FIN.

www.ingramcontent.com/pod-product-compliance
Lightning Source LLC
Chambersburg PA
CBHW061633180626
46818CB00005B/2364